낙동강, 언어에 스며들다

낙동강, 언어에 스며들다

발행일 2022년 07월 15일

지은이 김인권
펴낸이 손형국
펴낸곳 (주)북랩
편집인 선일영   편집 정두철, 배진용, 김현아, 박준, 장하영
디자인 이현수, 김민하, 김영주, 안유경, 최성경   제작 박기성, 황동현, 구성우, 권태련
마케팅 김회란, 박진관
출판등록 2004. 12. 1(제2012-000051호)
주소 서울특별시 금천구 가산디지털 1로 168, 우림라이온스밸리 B동 B113~114호, C동 B101호
홈페이지 www.book.co.kr
전화번호 (02)2026-5777   팩스 (02)2026-5747

ISBN 979-11-6836-401-1 03810 (종이책)   979-11-6836-402-8 05810 (전자책)

(주)북랩 성공출판의 파트너
북랩 홈페이지와 패밀리 사이트에서 다양한 출판 솔루션을 만나 보세요!

홈페이지 book.co.kr • **블로그** blog.naver.com/essaybook • **출판문의** book@book.co.kr

작가 연락처 문의 ▸ ask.book.co.kr
작가 연락처는 개인정보이므로 북랩에서 알려드릴 수 없습니다.

낙동강,
언어에 스며들다

김인권 시집

북랩

지인으로부터 받은 카드에 적힌 "세밑"이란 단어가 한 해를 재촉합니다. 삼백 예순 다섯 번의 일출과 일몰이 무수한 꽃길로 피었다 고운 향기로 사라졌습니다.

팥빙수가 에어컨 바람에 실려 후두를 쓰다듬고 겨드랑이로 숨었나 싶더니 단풍잎 물든 냇물은 계곡 깊은 절집 목어에 고드름 수염을 달아 순백의 사바세계를 헤엄쳐 다닙니다. 세밑~ 부끄러움을 앞세워 소금에 묵혀 둔 글들을 꺼내 묶어보고 싶다는 마음이 멀미처럼 울렁거려 수십 번을 열었다 닫았습니다.

묵은 김치와 새로 담근 김치 맛의 우위를 구별해 보려는 어리석은 잣대에 가엾은 내 언어는 현기증으로 자꾸만 미적댑니다.

얼마 전 산책로에서 만난 꽃댕강나무의 시린 향기. 댕강 비바람에 꽃 내린 빈 공간을 보며 안간힘으로 매달려 있는 꽃들의 눈물 냄새일지도 모른다는 생각이 새벽 산책길을 하얗게 적셔옵니다. 낙동강 포구에서 태어나 아직도 하구에서 살기에 글들도 계절을 흘러온 강을 닮았나 봅니다.

아끼는 그림을 흔쾌히 내어준 김종수 작가님께 고마움을 전합니다.

목차

2부

강은 자란다,
스스로가 거대한 타임머신이다

　인류의 생존에 있어 강은 핏줄이고 근육이며, 신경망이자 유무형의 값진 자산이다. 하류의 비옥한 토지 가까이 물이 있으니 농사가 가능하고, 기수지역의 풍부한 수산자원으로 식량을 확보할 수 있으며, 수상운송을 통하여 교역이 가능했기에 자연스레 4대 문명의 발상지도 큰 강 유역이었다. 흘러 닿는 곳마다 강은 자연스레 인간을 불러 모아 노동력과 생산이 만나고 삶이 영글어 문화예술의 외연도 확장해 왔다.

　강의 변주는 참으로 다양하여 대지를 적셔 독특한 지역적·문화적 정체성을 풀어놓으며 마침내 바다에 다다른다. 강은 곧 생명 그 자체이다. 새로운 의식의 확장으로 새 세상으로 가는 소중한 열쇠를 가진 인류의 성장통과 같다. 그 고통 속에서 강도 다시 태어나고 언어도 새롭게 태어난다.

　봄이 흐르는 낙동강도 새로운 생명으로 가득 차다.

낙동강, 언어에 스며들다

인연, 하루를 열다

하구는 분주하다, 통발어선들
어깨를 맞대며 포구를 에워싼 싱싱한 아침
물에서 건져 올린 그대와의 약속은
풋풋한 비린내로 반짝이며 뭍으로 올라온다
낙동강 하구 갯마을을 흘러가는 시간
자꾸만 넓어지는 강처럼
매일 건져 올리는 인연으로
그대의 하루는 넉넉하다

물안개

흘러가겠어

물푸레나무버드나무대나무숲몇몇검은바위
쉼 없이 흘러가
불쑥 다가온 과거처럼
포말로 네 곁에 드러눕겠어

낙동강, 언어에 스며들다

한여름 진우도 백사장 뙤약볕으로
네 몸 새까만 흔적 남기겠어
살갗 할퀴는 따가운 미련도
기꺼이 벗기도록 하겠어
곱게 빚어둔 밀가루 반죽처럼
하얀 망각으로 포장해 데려가겠어

눕다, 눕다 힘들면 흘러가겠어
네 곁을 지나 흘러가겠어

강마을 1
- 같았은 길 걷다

    길들이 데려다 놓은 느티나무 사이 어둠 빠져나가면 안개로 피어오르는 곳, 사람들은 그곳을 물아래 마을이라 불렀다 잠겨있는 대청마루 앞마당에선 아직 매운 모깃불 몽글거리며, 이웃을 부르던 따뜻한 목소리 들리고 채 심지 못한 배추씨와 무씨 가지런하다 아낙들의 옅은 힘줄 새겨진 손등 위로 하늘색보다 더 짙은 우물에서 두레박 가득 퍼 올리던 꿈

제 몸 태워 황금색으로 물들이던 노을 가득 일렁이는 호수, 질그릇처럼 투박한 팔뚝 위로 영글다 만 포도송이 비치고 지아비들 벗어둔 하오의 찌든 때는 반짝이는 물길 따라 세탁된다 소금쟁이 파문 끝에서 더욱 깊어진 마을, 더러는 그곳을 꿈 없는 마을이라 불렀지만 진작 잠겨버린 것은 그들의 젖은 눈에서 눈으로 전해지던 설익은 소문이었을까? 물길은 박제된 마을 다리 위를 흐르고 있다

강마을 2
- 옅어진 가을 보다

　들판 가로질러 몰려다니는 바람의 손가락, 가을은 떠날 채비로 포근한 햇살을 차마 버리지 못하는 것인가 빛바랜 추억을 가지마다 매단 나무들은 큰 키로 호숫가에 도열해 있다 이제 들판은 서둘러 끝내기해야 할 바둑판

　밤마다 스멀거리며 피어오르던 안개, 안개는 벌레들이나 개울, 능선까지 무수한 미로 속으로 숨겨두고 제 그림자에 발 젖어 나무를 스치고 달빛을 안아 새벽녘엔 건너편 샛길로부터 이름 모를 들꽃을 하나씩 돌려주었다 한때 젊었던 당신의 삶도 바람 가득한 새벽길이었을까 어둠 속에서 걸어 나와 몇몇 집들 텃밭 주위에 산철쭉을 무더기로 풀어놓고는 연분홍의 숨결로 흩어진 망각이었을까 그리움은 무수한 별 되어 반짝인다

　반딧불이 날아들어 어둠 찰랑이는 호수에 가을 그린다

강마을 3
- 그대 사는 마을로부터

바람은 사랑의 흔적처럼 스쳐 지난다, 때론 소곤거리며 때론 엄청난 굉음을 내며 가지를 헤집는다 어둠으로 갈앉은 강과 건너편 낮은 봉우리 사이를 번식처럼 몇 번이나 오갔을까 바람은, 감물처럼 짙게 물들어 쉬이 지워지지 않는다 낚싯대를 담구고 앉았다 얼마의 시간이 얼마만큼의 바람으로 흐르고 떡밥 고소한 저녁이 마을로 퍼지자 하나 둘 불 밝히며 집들은 호수를 떠오른다

별빛 사이로 파문 그리며 찌를 흔드는 아궁이 연기 오늘 밤도, 아득한 시간을 지나 별들이 입질하고 있다

강마을 4
- 성묘

진줏빛 햇살 속을 앉았다
한낮의 태양은 제 스스로 더워
담아온 쟁반 가장자리 붙어있는
씨를 새까맣게 물들이는 오후
수박 한 쪽을 베어 먹는다

한지에 곱게 싼 오색실
철들지 못한 손자의 섭섭함조차도
봉투 속 깊이 담고
할머닌 무슨 소망 빌었을까
모서리를 몇 번이고 만지작거리다
손때 묻은 당신의 정성 꺼낸다
여러 밤 눕혀두고 한 올 한 올 물들인 실
까칠한 실밥에 유황색 불꽃이 붙자
피어오르는 닥나무 향 사이로

긴 몸 불쑥 일으켜 세워
하나씩 호흡을 날려 보낸다

저녁 연기 피어오르는 마을
붉은 노을 머리에 이고
참새들 재잘거림 소쿠리 가득 담아와
미소 풀어놓던 당신의 자리
풀빛 사연들도 손길 따라 싹둑 잘린다

제 키보다 더 높은 그림자를
나무들은 봉분 곁에 세워 두었다
샛강이 내려다보이는 언덕
당신 얼굴 같은 옅은 어둠의 주름이
산자락 끌어당기고 있다

매운탕

살갗 탱탱한 유혹이었지
미끈한 탄력으로 물살 누르며
끝없이 펼쳐진 물길
출생의 미천도 가벼이 헤쳐 나갔다

잘생긴 자식들 큰 강에 보내며
대파처럼 곧게 쏟아내던 눈물
한평생 받쳐주던 부레마저 내어주고
너에게도 아름다운 해탈은 있어
끓는 물속에서 환속還俗하려 하는가

아무런 장식 없는 네 몸 깊숙이

세상의 기억들은 삼삼하게 간 배어

연분홍 아가미마저 곤하게 잠드는 저녁

바람은 지느러미 눕혀

하얀 뼈를 한쪽으로 쌓으며

넌, 다시 부활한다

나무를 자르다

녹음이 여름을 눕히고 낮이 짧아질 무렵
잘 마른 두릅나무를 자른다
지난봄 귀하게 자란 순을 얻어먹고
웃자란 가지들을 미리 베어 두었다
새나 산짐승들로부터
자신을 보호하기 위해
두릅나무는 몸의 일부를
가시로 진화시켰을 것이다

몸에 난 털을 가시로 세워 살아가면서
진화는커녕 퇴행으로
사랑은커녕 미움으로
난, 뭇사람들을 찔렀을 것이다
찔린 사람들의 상처에 생긴 딱지는
얄팍한 이기적 자존심의 패배자가

나라는 사실을 가리키듯
내 몸에 덕지덕지 누렇게 달라붙었다

햇살이 반짝이는 뜰
잘 마른 냄새가 톱날 사이로
톱밥을, 딱지를 토해낸다

시간 내어 내 몸의 털이라도 깎아야겠다

고백, 어머니와의 1
- 기억

난 어미 없는 자식이었다
저녁 강물 소리 골목길 밀려오면
거추장스런 마음의 비늘 털어 버리고
그물코 걸린 고기 아가미 퍼덕이듯
삭막한 대지 위 반짝이는 어둠

날 낳아준 어밀 기억의 방에서
떼어낸다는 일 쉽진 않지만
오래된 엽서 스탬프 자국처럼
망가진 사랑은 푸른 낙인으로 남았다
헤어짐이야말로, 삶의
건강한 긴장감을 유지하게 하는 거야
늦가을 몰고 온 바람 맞으며

갈대 긴 허리 숙이듯, 어머니
고개 숙인 입 열릴 때마다
시린 발목 적시며 식도를 누르던 외로움에
난 길들여지고 있었다

.

고백, 어머니와의 2
– 능소화

세월은 고향마을 누렁이로 늙어간다
헤진 누더기처럼 볼품없는 웃음으로
용서하라고 가지 흔들며
바람은 자식을 돌려세운다
도저한 강물처럼 슬픔도 녹슬지 않아
먹물색 침묵으로 날 깊숙이 찌르던 말씀

낙동강, 언어에 스며들다

당신께 삼배 올리면 법화세계로 나아갈 수 있을까
양손 가득 그리움의 사리,
빛나는 눈물 올리면 어머니,
난 당신의 진정한 어린 새끼 될 수 있을까

눈물 가득한 새벽길이
어둠 속에서 걸어 나오고 있었다

고백, 어머니와의 3
- 구포

익숙한 솜씨 간단한 짐 싸들고
저녁 식사도 거른 채 훌쩍 떠나신다
철컥, 아득한 문소리 뒤로
다시 어둠으로 남겨진 어머니
몇 번이나 가슴으로 용서하셨을까
부모 자식 간 사랑도 세월 속에서 바래져
남루한 오해의 흔적만 남기는 것인지
막내 놈 빨았던 젖꼭지의 감촉
따뜻한 혈통의 존재를 확인한
마지막 기억마저 희미하다

아들은 그의 아들에게 미안한 듯
늦은 저녁식사 사주며
서툰 변명의 젓가락질 하였고

낙동강, 언어에 스며들다

아버지가 참아야 하셨어요
조금은 고소해 하는 듯 이미 철들어버린
아들의 식사에 적당한 속도가 붙었다
내 상처가 아들놈의 상처여선 안 된다고 생각하며
꼭꼭 소리 내어 씹어보는 깍두기 두어 개
물컹한 촉감의 후회가 식도를 누른다

부모와 자식이 서로에게
상처 주는 일과 치유해 주는 일
어느 쪽이 현실이고 어느 쪽이 꿈일까
세월 견디며 늙어버린 강도
때론 꿈의 과거형이다

시간, 옷장에 머물다

어떤 날은
한 올 한 올 친숙하다는 핑계로
어느 해는
알뜰함을 내세우며 살림 걱정이란 이유로
오랫동안 이 많은 인질들을
죄 없이 가두고 살아왔나 보다
우리들의 젊음을 기리기 위해
이리저리 접히고 포개져서
혹은, 어깨 시리도록 매달려
외출한 시간보다 몇 십 배,
몇 백 배나 길고 긴 시간들을
묵묵히 진열된 무고한 행거의 주인들

묵힌 세월의 퀴퀴한 냄새도 배고

누렇게 삭은 보풀도 힘없이 떨어진다

가두고 싶은 건

늙고 싶지 않다는

헛된 바람이었나 보다

버리지 못한 건

살아온 낡은 삶의

소중한 추억이었나 보다

낙동강, 언어에 스며들다

오후의 강

갈대밭 사이 새들을 찾고 있다
소리만큼이나 투명한 몸들을
어디다 숨기고 있는 걸까
감각 세포들은 봄기운만큼 부풀어
한껏 높아진 하늘처럼 민감하다
깃털 사이 어둠 서서히 묻어오는 갈대밭
후두두 거리는 흔적 좇아
쉬 잠드는 법이 없는 호기심도 지친다

태양은 강물 위에 비스듬히 누운 채
황금빛 조각들을 하나씩 둘씩
하구 쪽에서 짜 맞추고 있다

사랑이 어머니로 살아왔다면

강은 이별처럼 흐른다
돌아갈 길 물결에 새겨 놓았듯
하지만 어머니, 미리 말씀하시지 않아
당신 쪽으로 물길 터놓아도
그대로 닿을 수 없어
또 하루 저물고 있는 강
'강모래'라고 말하던 당신
세월의 주름 가득한 두 눈가에
갈대들이 우수수 흔들리는 저녁
무수한 희망과 억척같은 노력으로
모래들은 고개 숙여
당신을 곱게 쌓아두고 있다

어깨를 맞대고 흘러온 기억들이
펼쳐놓은 수면 따라 가끔
잉어며 붕어들 힘차게 솟구쳐 올라
한 줌 비늘을 석양 속으로 뿌려놓는다
어머니, 당신을 뿌려놓는다

갈대

강으로부터 낯선 익명이었을까
이른 아침 빗방울들
소리 죽여 토닥거리는 숨결 위로
여름 성큼 다가오는 소리
유월의 강으로
봄날의 추억이 흘러내린다

서녘에서 불어오는 바람 타고
하나씩 둘씩 모여들어
마침내 무수한 머리 맞대며
수면 가까이 서걱이는 계절
무성한 잎맥마다
또 한 번의 여름이 새겨지고
부드러운 파문을 만드는
소금쟁이의 분주한 발길질로도

스스로 순수해지는

강마을 하루가 저문다

봄밤, 매실나무엔

그리움 열병한 둑길로 나섰네

길어진 낮 시간만큼 궁금증 자라나
무성한 갈대 사이를 넘어온 태양
황금색실 바늘로 수놓아
자유분방한 그대 반짝이는 물비늘 외출

핫케이크처럼 잘 익은 노을 안주삼아

이 인생, 저 인생 몇 차례 술잔 돌자

다붓다붓 가지 타고 오르는 꽃물

충분히 숙성하지 못한 채

설익은 정열을 살아왔을 뿐인데도

봄 향기 가득가득한 우리들의 잔 위에

자신을 던져버린 봄,

꽃비 되어 내린다

끊임없이 물가로 불러낸

환한 미소
아버진 붕어조림을 좋아하셨다

질투 묻어난 손 아가미 깊숙이 넣고
당신 강에서 보낸 시간을 어머닌 헤집는다
아무렇게나 도려내 버려지는, 조만간 썩고 말 내장
폭 넓은 낙동강
몇 번이나 솟구쳤던 삶의 흔적이
아무것도 모른 채 여전히 팽팽한
부레와 함께 강물에 풀리고
어머니 속 깊은 비린내는
두 눈 가득 눈물 되어 흐른다

어둔 밤 칼처럼 반짝이는 몸
싹둑 잘린 강을 냄비에 담아
호박이라도 토막 내 보글보글 끓이면
집안 가득 배어나는 질펙한 갯냄새

그날 밤 아버지
두어 잔 소주 걸친 목소리 강을 거닐고
어린 붕어들 재잘거리는 갈대밭
재첩 한 바구니 줍는 꿈을 난 꾸었다

당신의 강

단지 흐르기만 했을까
하얀 망각의 계절 앞에서
홀로서기는 진정 아름다울 수 있나 보다

매서운 바람 어지러운 강은
억척스럽게 살아내신 어머니
해진 치마폭으로 농사짓는
무밭 무청처럼
싱싱한 포말로 펼쳐져 있다

가까운 듯 먼 듯 스칠 때마다
무궁한 희생으로 부르튼 생의 주름
당신의 야무진 긍정과 사랑을
하나씩 새겨둔 강 이랑엔
언제쯤 환한 봄기운 스며들까

우리는 겁 없이
– 이분법 세상

밝은 햇살 가득한 영안실 뒷마당
담배를 피우고 이런저런 이야기하며
우리는 삶과 죽음으로 나뉜다
담배가 연기와 재로 나뉘듯

밑도 끝도 없이 여당과 야당으로 갈라져
정책과 삿대질을 적당히 섞어 고함치고
끊임없는 밀물과 썰물처럼
시위대와 단속경찰로 종횡무진 나뉘며
고용주와 고용인으로 마주 앉아
서로의 호주머니만 노려보기도 한다
교통신호 하나로
급히 따라붙은 안도의 앞차와
따분한 거리의 신호를 더 기다려야 하는
아쉬운 뒤차로 나뉘고

매일을 아날로그 범죄와
첨단과학 수사로도 나뉘어야 한다

우린 남과 여로 태어나
까닭 없이 그리워해 보기도 하지만
결혼과 독신, 수절과 재혼으로 나뉘고
믿지 못할 자신과 타인으로
스스럼없이 돌아서서
마침내는 배반과 용서로 나뉜다
우리는 겁도 없이

한천

가을을 깎은 벼의 머리 위로
바람은 시간을 깨워
하얀 계절이 아우성치는 새벽 들녘
물에서 뭍으로
투명한 인내가 하나둘 새겨진다

강 따라 오랫동안 떠났다
돌아온 여행

갈 때도 혼자였지만 도착해보니 신기하게도 혼자였다. 여정을 함께 한 동행이 있어 준비한 음식도 먹으며 대화도 나누고 서로 든든한 힘이 되기도 했었다. 그의 길과 나의 길은 몇 군데서 겹치긴 했으나 다시 생각하니 처음부터 서로 다른 길이었나 보다. 그도 내심 놀란 눈치다. 하여튼 우린 그렇게 서로의 길을 우리들의 길로 착각하면서 걸었다. 동반자라면 좀 더 내 쪽으로 가까이 다가와야 한다고 우겼지만 각자의 틀 속에 사로잡혀 살고 있기에 그도, 나도 진정 상대 쪽으로 다가갈 마음은 쉬이 내지 못했다. 이런 게 인생인가? 길이 끝날 때쯤 좋아한 만큼 미워하고, 신뢰한 만큼 불신하는 내 모습이 황금빛 석양을 받으며 이기심처럼 길어지고 있었다. 아쉽게도 자신의 어리석음을 깨닫자 이미 끝나버린 길, 평생 동행한 언어와의 화해의 길…

낙동강, 언어에 스며들다

수맥水脈

전생은 가시나무였을까

비탈진 땅 목마름으로 갈라터진 목피

자꾸만 자라나던 갈증 쉬 가시지 않아

내 몸 뾰족한 나이테 주변 길 잃은 바람에도

성긴 머리칼처럼 힘없이 휘날리던 어린 내 잎들…

생명이란 모름지기 적당한 시련 속에서

제대로 자라는 것이라고, 어머니 비 오는 날 말씀은

빗물처럼 눈가를 적시며 흘러내렸다

내 어린 자식, 자식들 빨다 만 젖꼭지

얇게 벌어진 입술 사이로

생명수 수액 되어 흘러내리고

비 같은 하루는 저문다

그윽한 침묵을 낚다

나, 그대를 단숨에 끌어 올려

호기심 어린 눈빛, 낯선 대기의 냉랭함을

붉은 아가미 가득 느끼도록 한다면

호숫가 버드나무를 흔드는 바람길에도

삶의 흔적은 묻어나 가지 끝마다 맑은 눈물 스치는 걸까

그대의 무관심을 유혹하여

입 안에서 싸하게 퍼지는 노을 위로

솔잎 향기가 하나씩 채워질 때

버드나무는 뿌리로부터 힘차게

물 올려 하얀 눈 틔웠는지

아득한 옛날

일곱 개의 뼈*를 가진 물고기로부터

인간이 진화되어 온 것이 사실이라면

그래서 그대가

뭍과 물의 경계에서

나의 까마득한 할아버지

혹은 그분의 할머니일 수도 있겠지만

진묵겁塵墨劫의 인연, 그대와 나

살림망에서 낯선 모습으로 조우한다 해도

일렁이는 감정의 파문 추스르며

가문의 흔적 더듬는 일 쉽진 않아

어쩔 수 없는 인연의 물가에서

나, 그대를 낚다

* 고생대 데본기 때의 유스세노프테론

몸의 기억 1

비 내리는 날엔 물고기를 방생한다
잉어며 붕어, 가물치에
복날쯤 먹은 민물장어까지
한때 내 몸을 살찌운 녀석들은
등뼈와 지느러미며 살점들을
갈댓잎 빗방울 듣는 소리에
하나씩 둘씩 꿰맞추며 유영을 준비한다

다시 강으로 힘차게 돌아가는 무리
생명들을 키운 내 몸과 강은
빗줄기 속에서 하나 되고
거대한 강이 된 내 심장은
구석구석 샛강들을 풀어
수초 사이를 헤엄쳐 나가며
물과 뭍을 잇고 자연과 생명을 잇는다

비 내리는 날이면, 난
가슴에 출렁이는 강을 안고 태어난다

몸의 기억 2

아가미 하나를 얻기 위해
오래된 수족관을 들여다본다

자그마한 몸을 가진
죽은 물고기의 바람 빠진 부레
어제 점심때 먹은 횟감 생선들은
지금은 뱃속 어디쯤 조각난 유영을 하는 걸까
반찬으로 먹은 돌미나리도
수초로 자라, 물속
아름다운 배경이 되었을까

끊임없이 마셔댄 물로

내 몸은 거대한 강의 수로 하나쯤이다

대저 가는 길

오늘도
당신에게 달려가는 길은
안개 가득한 숲의 유혹,
강은 차라리 타오르는 추억이다
대사리 굽은 길 양편으로
바람은 배나무 은빛 향으로 다가와
가지 끝 반짝이는 순 틔우며 몰려다닌다
안개는 손 내밀어 건너편 샛길로부터
들꽃들을 한 송이씩 돌려주었다

사랑은 흙으로 돌아갈 수 있을까,
꿈같이 사람의 삶을 물들이는 붉은 흙으로…
부끄러운 마음 자꾸 벗기는 길 위
할머니 하얀 목소리는 옅은 숨결로 흩어진다
오늘도 당신에게 가는 길목을
안개 가득한 새벽 강 흐른다

삶, 가죽을 다루다

깊은 밤 카빙나이프를 든다
살아가면서 생긴 상처는 도려내고
온전한 부분을 덧대어 다시 꿰매는 일
쉬 잠들지 못한 야성을 치유하느라
바늘에 찔린 자리마다 충혈된 백열등이 따갑다

삶이란 본래 거친 것이었으리라
이 가죽의 주인이었던 짐승이
초야에서 살아온 까칠한 세월처럼 질겼으리라
놈의 아비 어미가 그랬던 것처럼
철없는 새끼들 건사해 온 고단함도
무수한 무두질로 무뎌지고
먹이사슬을 벗어나기 위한 두려운 기억도
좁은 작업장 날카로운 칼끝에서
마술처럼 사라졌으리라

평생 누비던 숲은 옅어져
공방 벽엔 새로운 길이 새겨지고
갈대 무성한 낙동강 끝자락
버려진 땅으로 꾸역꾸역 모여든
짐승들이 밤마다 울었다

아내와 잠

그녀는 쉬 잠을 이루지 못한다
무거운 하루 일과를 메고 들어와
하얀 어깨는 처져 있지만
잠은 낯설어 입구에서 서성인다
가지런한 활자의 골목길을 돌고 돌아
바람은 맥문동 꽃을 물들이며
고양이 눈으로 뒤척이다 돌아누운 깊은 밤
어릴 적 오디를 깨물 때마다
손가락들 사이로 녹아들던 깊은 맛
달콤한 잠자고 싶어요, 조그마한 발로
잎들을 밟고 서서 그녀는 말한다

마침내 불면의 짙은 유혹들은
새벽녘의 미명 속으로 녹아들고
어느새 잠은 더 깊은 잠 불러
아침까지 눕혀두나 보다
가끔은 희미한 추억도
치기 어린 행동에 대한 후회도
그녀는 언제나 달콤한 잠 가운데
묻어 버리고 이해하는 것일까
깊고 두터운 용서의 잠 속에서
오디처럼 자신마저 녹이는 걸까,
그녀는

벚꽃 피다

먼 길 돌아서 그대가 왔습니다
여유롭게 졸고 있는 햇살 가득 담고
멀고 먼 길을 돌아서
지독한 사랑으로 왔습니다
손금보다 더 섬세한 물결로
내 몸 깃털 뽑혀나가는 듯
늦은 밤 일렁이는 가벼움에
익숙하지 못한 길을 열어 보입니다

잘 익은 돼지수육처럼
구수한 도타움이 느껴지는
철없이 기분 좋은 봄날
꿈보다 더 가벼운 걸음으로
그대, 그대가 왔습니다

당황

아 —

나, 낯선 여자의 알몸을 기어이

보고야 말았습니다 방심한 오후

이곳저곳 시선을 옮기다

실오라기 하나 걸치지 않은 채

오히려 배시시 웃는 대담함에

감각의 저편에 꼭꼭 접어 둔

아득한 첫사랑 푸, 풋풋한 그리움이

확 달려오듯 했습니다

밥과 된장만 먹어 온 나에게

말랑한 빵의 달콤한 유혹이었을까

요, 용기를 내어 이름을 묻고 싶었지만

차마 말은 나오지 않았고

놀랍게도 외간 나, 남자의 시선을

그녀는 전혀 외면하지 않았습니다
배꽃처럼 희디흰 알몸 사이로
창을 통해 들어오는 늦은 봄 햇살이
이마를 밝게 비추며 쏟아져 내릴 때
차라리 화려한 고문의 시간이었던가요

난, 호흡조차도 거추장스러워
가방 쥔 손가락을 힘주며 미술관 한쪽
도도함이 사각으로 버티고 있는 액자 속을
허둥지둥 빠져나오고 마, 말았습니다

요가

발라사나
둥근 등이 그립습니다
거칠었던 들숨과 날숨이
열 손가락과 발가락을 통해
다시 가지런한 고요를 찾는 시간
어린 우리의 몸과 마음은
하나의 우주라는 말에 지극히 동의하면서
열정과 평온의 간극을 닮고 싶은
낯선 찰라, 혹은 영원

그대 등에서

붉은 새벽이 연꽃으로 피어납니다

소만小滿, 바다의 집

등대 쪽에서 안개가 피어오를 땐
바다도 뒤척이며 제 몸을 비웁니다
그리움이란 녀석은 뭘 믿고
쉼 없이 투명한 몸집을 불리는 건지
연대봉 붉은 진달래 빛 추억은
어쩌다 쉼 없이 자맥질하는지요

봄을 충분히 새긴 바다는
다시 여름으로 이른 걸음을 떼고
대항포구를 떠난 통발선 지나간 오솔길
점점 짙어져 가는 계절과 옅어져 버린 계절이
갈매기 날갯짓 따라 이리저리 섞이고
해녀의 물질은 한 폭,
싱싱한 삶의 캔버스를 건져 올립니다

낙동강, 언어에 스며들다

가을 노래

여름날 붉게 달구어진 인내의 끝에서
세상의 모든 잘못 눈감아 주고도
열매 둥글게 결실할 수 있는 계절
그댄 소리 없이 다가와
뚝뚝, 푸른 물 흘리며
한 그루 포도나무로 서 있다

　　　　　　　　　　　낙동강, 언어에 스며들다

우리가 소중한 것이라 부르는 것들이
제 가슴에 손 얹고
맑은 햇살 아래서 반짝일 때,
산자락 아래 바쁜 들판이
땅거미를 한 줌씩 내놓을 때
지쳐있는 얼굴 알알이 감싸 안고
잎맥에서 잎맥으로 달려와
손톱 푸르게 물들이며
그대, 포도나무로 서 있다

단풍, 길을 내다

계곡 돌아 나온 바람에 실려
건너편 요사채 굴뚝 위로
성급히 어둠 내려와 앉은 늦가을 산사
하나 둘,
등 밝혀 포근해지는 저녁
마른 시간을 끌어당기며
비로소 그대는 풍경風磬으로 불타고 있다
고해의 바다에서 건져 올린 목어처럼
빛나는 비늘로 활활 타고 있다

오늘도 얼마나 많은 번뇌들이

해탈의 문 열어

화려한 속세의 계절을 맡기고 떠났을까

고슴도치 사랑

사랑에 미움을 더하는 사람,
은 솔직해서 펼때한다면

그는 끊임없이 타인들에게
오지랖 동정과 헤픈 관심을 안겨준다
쉬이 감당하기 힘든 희생임을 알기에
지옥문이 몇 번이나 닫혔다 열리고
부처가 되지 못한 우리는
고해의 바다에서
질투의 가시가 하나씩 돋는 짐승이다
어리석은 사랑으로 날 찌르고
또 다른 나를 상처 낸다

고슴도치가 되어버린 사랑은
완벽할 수 없는 완벽함에
오늘도 어둠 속을 스스로 갇혀있다

미움에 사랑을 더하는 사랑,
은 어리석어 위대한 건가

수족관

멍청하다고, 아이큐 20도
되지 않는다고 놀려대지만
그건 당신 일방적인 잣대 아니던가
매력적인 자태와 결 고운 비늘로
반짝이는 물속을 유영하노라면
비록 속 좁은 세상이지만
우리 시야는 더없이 맑고 투명하다

비 오는 날 수면 위로 튀어 오르는
공기방울처럼 세상을 밝게 볼 수 있다는 것
비린내를 가시 깊은 곳에 숨겨두고
밝은 비늘로 빛날 수 있는 건 좋은 거다
그대 두 눈은 휘둥그레지고
숨조차 죽인 채 감상하는 모습에
즐거워하는 우릴 알기나 하는지

흘러 흘러도 제자리인 물살처럼
당신 마음 변하지 않는 한
일용할 양식도, 더위나 추위 걱정도
우린 하지 않는다, 다만
물 밖의 세상이 진정 걱정될 뿐

두문 일지
– 텃밭

기약도 없이 사람을 설레게 한다

성장판 사이로 보이는 추억의 시계꽃

부지런한 과거가 배어 있고

현재의 구수한 향기도

두엄 속 지렁이마냥 몽글몽글 숨어있다

거무칙칙한 나이에도 따라다니는

무수한 미완未完을 삽으로 묻고

유치한 욕망의 갈증은 물뿌리개로 잠재운다

거름통을 든 밀짚모자가

눈부신 자목련, 여리디여린 둥글레,

양파와 대파 열병식으로 분주하다

이랑 사이를 오가던 땀방울들이
때죽나무 그늘 아래 먼저 자리 잡은 오후
난 축제 속에서 쉼 없이 피었다 사그라드는
소담스런 냉이꽃이다

멀미 세상

균형 잃은 추억의 목발 부축하며
물속을 걷고 싶었다
서툰 객기 숨기지 못해 던진
낯선 열대 야자수 해변의 오후
해시계 그림자 사이로
발자국 길게 드리우고 싶었다
시나브로 주위를 뱅뱅 도는 게 아니라
힘 있는 흔들림으로…

언제나 공복이었던 내 삶의 언저리에선

목발 사이로 모자이크 세상 열리고

짙은 와인색 해초 흔들리는 꿈,

열대어 제멋대로 뛰어다니는 물속

형형색색의 조화로움 엿보며

아름다운 균형감으로 걷고 싶었다

무관심한 동행

섣달그믐을 낯선 사람과 동석한다

차창에 흐릿하게 달라붙은 지는 해의 풍경
눈썹 같은 카펜터즈 음악이 흐르고
그가 잊어버리고자 한 것들과
내가 그리워할 것들이 함께
풍선처럼 부풀어 올라
미터기에 산술급수적으로 나타난다

그도 기억하고 싶은 추억을
오늘 밤 떠올리나 보다
좁은 택시 안, 면죄부처럼
그와 나 약간의 돈을 주고받으며
묵은 해 접고 각자의 새해를 펼친다

손톱

그대 사랑의 한 줌도 아니 된다
어느새 쑥 자라버린 둥근 인내
깎아도, 깎아도 어제의 이름으로
다시 일어서는 바람처럼
내가 지켜온 그대 새벽마다
자라나는 조바심, 미완의 성숙이여
귓불 살짝 물들이며
내가 나를 용서하고
용서한 자신을 용서할 수밖에 없는
이른 새벽의 따가운 기억

난 그대 사랑의 한 줌의 한 줌도 아니 된다

망각, 아름다운

어느 날 아침
긴 잠에서 깨어나
혹시 서로에 대한 기억
깡그리 잊어버리는 일 생기면
당신과 나 누가 더 허탈할까

보조개 깊은 프리지아 향기 아래
성급한 봄 햇살 받아
반짝이던 풍경風磬이 예쁜 찻집
우롱차 찻물보다
더 그윽한 눈길로 피어난 우리 인생은
각자에게 결코 가볍지 않은 화두였지만
경전처럼 가슴에 꼭 담고
달마의 미소 지어 순교하고자 했다

언제나 서로의 눈동자 속에서

시작되고 끝나던 하루가

희미한 기억으로 흔들리던 날

망각의 숲에서 피어난 안개처럼

어느새 사랑도 끝나

달디단 밀어들을 어둠 쪽으로 밀어내는지

이젠 말라버린 시간의 구석에서

푸석한 먼지로 날리는 언약의 입술

등이 드러난 봄바람으로

이미 늙어버린 프리지아

누군가에게 저무는 인생은

또 다른 누군가에겐 봄 햇살이다

철저히 개인적이며 동시에
사회적이기도 한 언어

우리 삶의 출발점이자 지극한 종착역이기도 하며, 매력 가득한 문화적 콘텐츠이자 사색의 공간이기도 하다. 정치가들이 세상을 시끄럽게 달구는 것도 그들의 말과 글이고, 콘서트의 관중이나 영화관의 관객들에게 감동을 주는 것 또한 멋지고 황홀한 가사나 대사, 즉 언어인 것이다. 사상이나 정서는 언어로 스며들고 언어를 통해 힘차게 뻗어 나간다. 그래서 일찍이 독일 철학자인 마르틴 하이데거는 '언어는 진정한 존재의 집'이라고 했나 보다.

낙동강, 언어에 스며들다

기억들은 모여 나이테를 이룬다

한 순간이라도 진지하게 생각해 본 적 있었을까 투명한 목질의 근육을 흐르는 수액의 고동소리 얇은 목피의 커튼 사이로 이른 아침 힘차게 시작되는 광합성의 시간이 싱그럽다 그대로 인해 생각의 싹들은 둥글게 피어오르고 푸른 산책길 걸으며 나 진정 고마움의 그늘에 있는 자신을 돌아본 적 있었는지

풀풀 날리던 톱밥 같은 세상의 거짓들이 아직도 눈 따갑게 하는 언저리에 있음을 나무는 풋풋한 잎으로 말할 수 있을까 거죽 사이에 새겨지는 아릿한 관념의 하루, 나 감히 나무의 이름으로 적당히 세상을 나무라고 싶다 나무라고 팽나무전나무이나무먼나무꽝나무… 숨차게 불러 보지만 난 안다 숲은 사랑스런 대화, 따뜻한 포용의 그늘이라는 것을

나 언제 그대의 안부 제대로 물은 적 있었을까?

로망스, 기타를 치며

내 귀를 잡아당겨 봐
소문도 없이 오월은 내려앉아
뜰 가득 동심원으로 쌓이는 밤
달빛은 모자이크로 날아와
잠든 기억을 흔들어 깨운다
네 목을 누를 때마다 일렁이는 건
타오르던 봄 바다 물비늘 뿐 만은 아니었다
수줍은 때죽나무 종꽃들이 쏟아져 내리고

낙동강, 언어에 스며들다

지워지지 않는 향기처럼
하얗게 하얗게 손끝에서 잦아드는 선율

제 몸 고운 빛 내어주며
창가에 붙어 변주로 열리는 하루
우리가 아르페지오로 어깨 기대면
향기 나지 않은 삶 어디 있으랴

로망스,
하얀 네 귀를 잡아당긴다

언어와 노동 1
- 유자

비 내리는 날
자음과 모음으로 떠다니는 우산들은
언어의 칼로리를 생각나게 한다
누구를 돌아, 누구는 스쳐 지나서
다시 부메랑으로 돌아오는 언어
그때마다 감정의 흔적들은 우산에 새겨져
노동의 거리에서 저마다 번쩍인다

간밤도 두루뭉술한 꿈이 흐르고

잠의 끈을 풀었다 놓았다 하기를 수차례

솜누스를 나와 떼어놓은 건

늦은 오후 인후를 달군 두어 잔 커피가 아니라

동짓달 깊은 밤길을 밝히는 유자 같은 당신이다

어쩜 그대는 내 노동의 횃대 위

거침없이 우뚝 선 수탉일지도…

언어와 노동 2
- 퇴근하는 오후

버려진 타자기 자판을 두들겨본다
둥글대 사이 채 빼내지 않은 종이엔
미국지사 송금 내역 적혀 있다
탄력적인 소리는 아직 살아있을까
짙은 구레나룻 같은 호기심 열리자
툭툭 찍히는 사랑 재미있어
손가락 곧게 세워 '에이브람 사랑'이라고 치자
- 사랑의, 사랑에 의한, 사랑을 위한
가만히 숨 쉬는 글자들의 따스함
사탕 같은 사랑, 사랑스런 사람
도 찍힌다 우후 신기하다

가만히 떠오르는 '사랑'

아직도 사랑이라는 단어에

손 얹고 기대고 있는 만인의 오후가

서둘러 글자 사이를 빠져나간다

언어와 노동 3
— 오월을 지우다

장미 줄기를 따라가니
시간의 캔버스에 언어가 피어있다
운동장을 서너 바퀴쯤은 돌아도
이마 땀 한번 쓱 닦으면
다시 상큼한 향으로 돋아나는 쑥처럼
물오른 짙은 생각들을 품고
나도 한때는 누군가의 싱싱한 언어였을까
사람이 사람을 사랑하는 일은
가시 달고 꽃 피운 모든 시간까지 힘껏 안고
웃음과 눈물로 뒹구는 일이리라

한 달의 언어성적표를 받아든 나는
우수雨水로만 살아온 기록을 확인하며

낙동강, 언어에 스며들다

계절의 언저리를 서성이다
빗방울로 시든 언어를 금세 닦아낸다
월중계획표를 지우니
사무실 창밖에 쑥빛 여름이 다가와 있다

산문山門

현관 입구에 겨울 산사山寺 하나 걸어두었다
설악산 다녀온 처제 부부가 가져온 풍경風磬이
외출 후 귀가 때마다
서설瑞雪 가득한 소리로 맞이한다

햇살 비추면 드러나는 산의 근육을 따라
낮은 구릉 스치는 나무의 물결
바람 조금만 스쳐도 들리는 눈 날리는 소리

낙동강, 언어에 스며들다

그들이 안내한 산사 일주문 사이로
물러나 있던 봉우리들
무채색으로 걸어 들어와
삶의 원근을 헤아리는
청빈淸貧한 계절의 울림을 듣는다

금목서 1

이별이 어깨에 손 얹고 떠날 때까지
헤어지는 연습을 하겠소
효능 좋은 약으로도 다스릴 수 없어
여름 내내 사귄 발바닥 티눈보다
더 독한 눈물은 보이지 않겠소
화려하게 부서지는 시월의 달빛 윤슬을
안녕하며 흐르는 슬픔의 입자들
고운 목선 위로 유혹의 향기는
밤새 후각을 자극하지만, 나 기꺼이
그대와 헤어지는 연습을, 하겠소

서리 젖은 가지 스치며
사치스런 재회의 꽃잎이
미련스럽게 안고 있던 등황색 추억을
나 이젠 훌훌 털어 버릴 수 있다오
그러니, 당신 꽃잎일랑 내리고
펑펑, 슬픔이 눈송이로 피어날
아름다운 겨울 강을 맞이함이 어떠하리오

금목서 2

사람과 바다를 잇고
돌과 나무가 하나 됨을 인연이라고 합니다

두문바다를 수놓은 돼지감자
그림자가 점점 길어지는 가을날
노을이 지던 모퉁이 텃밭 옆에
다소곳 서있는 그대를 만납니다
날 잊지 말아요
바람의 기억으로 물결을 키우고
대지로부터 향기를 퍼 올리는 바다
새로운 인생을 꽃 피우기도 하겠지요
꽃 내리고 향기 옅어져도
제발 날 잊지 마세요

등황색 인연도 향기 고운 길을 냅니다
천리, 만리 길 따라 바다를 적십니다

낙동강, 언어에 스며들다

봄, 향기

긴 시간 머금고
영양분을 뽑아 올려야
비로소 완성된다는 게
꽃이나 똥이나 닮아 있다

세상의 햇볕과 바람 가득한 봄날
곳곳에 뒤엉킨 경계를 허물어
수천 번을 쓰다듬고 부드러움을 배워
흙에서 적당히 삭혀진 영혼과 육신

마침내 살아있음의 흔적으로
내 몸에서도 매화꽃, 산수유
봄이 매일 피었다 진다

꿈

나, 전라도 벌교 땅에서 태어나
온몸 감싸는 차가운 바닷바람으로 자랐소
하늘에서 눈이라도 펑펑 달려오는 날
들판을 하얗게 뛰어다니기도 하고
발목 굵어져 흙더버기 날리기 시작한 무렵엔
윤기 있는 목소리로 선량한 이웃 주눅 들게 했다오
맛난 꼬막을 한껏 먹은 날은
불어오는 해풍조차 날 살찌웠지요

축사 근처 서성이던 여름이
짙은 초록의 냄새로 다가올 때
우리 철없던 형제들 까닭 모른 채
까만 눈빛으로 뿔뿔이 헤어졌지요
철조망에 걸려 있는 안개가 서러워
컹컹 짖었다오, 울음소리는

질펀한 개펄 너머 힘없이 썰물로 빠져나가고
박달나무 몽둥이맛도 견딜 만 했지요

세포 하나씩 전해오는 고통으로
출생의 미천함을 탓하진 않아요
어차피 당신들은 보이는 것에만
매달리는 존재 아니던가요
오늘 밤 진하게 달궈진 한 그릇 영혼은
그대 피와 살을 따끈하게 데울 수 있겠지만
꿈속에서까지 그댈 괴롭힐 마음은 없어요
하니, 당신 무시로 개꿈 꾸지 말아요
제발 짖지 마세요, 오늘 밤은…

낙엽 1
– 삶

하구 쪽으로 배를 띄우고 싶다
건너온 생의 깊이만큼
물살은 느려지고
흐트러지진 않았으나
젖어있는 삶의
온갖 허섭스레기조차
제 몸 씻어 맑게 흘러가는 곳

이젠 하구 쪽으로
뱃길을 돌리고 싶다

낙엽 2
- 귀향

비스듬히 졸고 있는 햇살 담고
강마을 지나온 바람에 실려 온 그대
긴 밤 지나면 그대 생각
또다시 하얗게 사라질 것이니
그래, 사랑이었다고 해두자

먼 길을 돌고 돌아
잎맥에 새겨진 그대가 초라한 사랑으로 온다

여뀌 피다

마른 세상 깨우며
한여름 들판을 한숨에 달려왔다

홀로 일어서는 힘, 네 빛나는 고독이여
불볕더위로 온몸 찔러 상처의 꽃 피우며
멀쑥한 긴 몸 숙여 바람의 팔 당길수록
서성이던 여름이 뜨겁게 익는다

낙동강, 언어에 스며들다

민들레

　당신께 위험한 미래 드릴게요 비어버린 꿈의 창고 헐거워진 거울 창을 흔들며 날카로운 성에로 날아와 꽂히던 하얀 세상의 기억들, 자신도 모른 채 익어가는 우둔한 정열의 가마솥에서 풀풀 날리던 사랑의 거래, 끓어오르지 못한 미완성의 꽃길 당신께 드릴게요

흐릿한 실루엣 같은 키 낮은 질투 가득한 봄날, 뜨거운 것 삼키며 당신께 가벼운 꽃길 만들어 드릴게요

우리들의 휴식
- 선거 벽보

채 식지 않은 곡해曲解를 사이에 두고
저들은 먼나무 숲 속에서,
그들은 돈나무 그늘에서 각각 자리 잡고 있었다
하지만 햇살 끌어당기는 나뭇가지에서도
양심은 쉽게 피어나지 못해
미소 띤 입엔 욕망의 짙은 잎만 가득하다
우리가 보낸 계절은
텁텁한 공기가 민심의 바퀴를 돌리고 있었으며
바람은 자주 서로의 숲으로 불어
고약한 악취는 적당히 섞이기도 했다

밑동으로부터 코를 대어본다

저들과 그들의 코는 물관을 따라

무성한 이파리 끝에서 부는 바람에 벌름거린다

자신들만의 그늘을 만들고자 하는

지치지 않는 욕망의 무한리필 전시장

행인들은 황급히 벽보 속에서 빠져나온다

오월, 회화나무 아래에 서면

나뭇가지 타고 내려온 딱새는
빨랫방망이 소리가 멈추면 들리고
들리면 멈추는 경쾌한 비트박스 리듬이다
학자수學者樹 아래서 빨래를 하면
집안에 선비가 난다는 말이
호박잎처럼 무성하여
지아비 찌든 노동으로 소금꽃 핀
바지춤으로 가던 손이 잠시 망설일 때
샘솟는 물속에서 출렁이는 동심원
집집마다 어린 아이들의 옷가지가 먼저
푸른 소망을 깨우며 빙빙 돈다

낙동강, 언어에 스며들다

말단 벼슬이라도 좋지, 아니 잘 키워

봐 둔 혼사 자리라도 꿰어 찰 수 있다면

소쿠리 가득 기대 담은 빨랫감

물가 부들을 붙든 방망이 소리가 점점 빨라진다

동네 여자들 젖은 수다도 헹구어 털며

가지 위에 주렁주렁 걸쳐 말리는 오후

기다림이란,

나무 그늘 아래선 더 서늘해지는 법

오랜 세월

잘 익은 노을이 빨래터에 앉았다

소매치기 1
- 자유로운 영혼

난 구원자
끊임없이 물욕에 사로잡혀
빠른 바람 속 흔들리는 별빛에도
손끝 떨며 괴로워할 때, 네 치부의
한 톨 먼지마저도 깨끗하게 비워주고
미래의 시간까지 훔칠 수 있는
난 그대의 구원자

본래 한 몸이었던 너의 부끄러움과
나의 너그러움이 슬며시 마주 잡고
양심을 끄집어내는 성스러운 시간
호흡을 중지하고 뭇시선을 묶어둔 채
빠른 바람 속에서 난 환생한다,
내 손은 축복이다

소매치기 2
– 건강한 감촉

두꺼운 겨울을 가늘게 자르던 칼
날렵한 손위로 한 그릇 인생은 준비되어
식탁에 차려진 늦은 오후의 만찬
따뜻한 칼국수의 김이 뭉클 피어오른다
가슴 한가운데 묻어 둔 비수 위로
불어오는 바람은 하얗게 갈라지고
찢겨진 코트 사이로 양심은 들락거려
새벽마다 방광 가득 고여왔지

새가슴으로 삶을 껴안기는 억울했다
장미향 그윽한 레스토랑에서
그들이 따뜻한 요리와 붉은 포도주로
무딘 양심을 꺼내 하루를 칼질할 때
내 뼈마디들은 비린내로 달그락거리고
몇 번이고 눈물 머금으며
세월의 손목을 찍어 내리고 있었다
난, 더 이상 구원자는 아니었다

2020 가덕, 국군용사충혼비에서

색色이라는 건
그토록 사람들의 성정을 자극하나 보다
맹신은 두려움과 망설임을 눈 가리고
조국통일이란 선동적 영웅심으로 포장되어
부모형제, 친구와 선한 동포의 가슴에
붉은 선을 긋고 그었다

새벽부터 칠흑 같은 밤까지
우매한 총검이 조국을 찌르고 찔러
뜨거운 희생으로 달궈진 대지는
종일 타오르며 사그라들기를 반복했다
프롤레타리아,
그 낡은 깃발을 끌어내리려고
이름 모를 골짜기와 들판 여기저기서
몇 날 며칠을 포효하다

낙동강, 언어에 스며들다

풋풋한 애국심들은 고달픈 침묵을 자리 잡는다

색이라는 건
주검 속에서도 새로운 희망을 싹틔우려는 듯
유월의 장미는 유난히 붉고
그래서 강과 바다는 더 푸르다

허황후 신행기

거북아 거북아 머리를 내어놓아라 龜何龜何 首其現也

하루는 꿈에, 저녁노을 구름 사이
햇살이 잠시 자줏빛으로 대지를 물들이자
소리 맞춰 수십 명이 함께 줄지어 일어나
땅을 낮게, 또는 높게 밟으며 노래하는데
간절한 기도문 같기도, 즐거운 놀이 같기도 하여
신성하며 경쾌한 소리가 하도 간절하고 생생하다

만일 내어놓지 않으면 구워 먹으리라 若不現也 燔灼而喫也

멀고도 낯선 이역
얼마나 걸릴지 내 아비인 부왕은
걱정을 돌처럼 쌓아 며칠을 눕히시더니
아유타국 최고 솜씨 좋은 석공을 불러

파사석탑婆娑石塔 깎아두라 이르셨네
단단한 나무로 배를 만들고 뱃사공도 뽑아
수년을 기다린 끝에 마침내 오른 뱃길
무사히 닿을 수 있을지
백성들의 지극한 기도를 탑에 매달아 싣고
어미가 혼수 하나하나에 함께 넣어둔 사랑 덕분에
마침내 칠월 이십칠 일 무사히 열어 준 바닷길

가락국 앞바다 망산도에 당도하니
무척산 뒤로 하고 비단같이 펼쳐진 김해만
그믐달은 부끄러움 가리듯 구지봉에 걸려있고
명월사 마당에 차려진 신방엔
두려움과 호기심, 소망의 촛대가
늠름하고 신성한 한 사내 앞에서
눈썹처럼 흔들리고 있는데
하늘이 점지하지 않았다면 기꺼이 내가 먼저 간택할
그대, 나의 부군 가야국 수로왕이시여!